SOPHIE KINSELLA

Mami Fee & ich

Der große Cupcake-Zauber

SOPHIE KINSELLA

Mami Fee & ich

DER GROSSE CUPCAKE-ZAUBER

Aus dem Englischen
von Anja Galić

cbj

Dieses Buch ist auch als E-Book erhältlich.

Für Rex und Sissy

MIX
Papier aus verantwortungsvollen Quellen
FSC® C043106

Verlagsgruppe Random House FSC® N001967

1. Auflage 2018

Die englische Originalausgabe erschien 2018 unter dem Titel
»Mummy Fairy and Me« bei Puffin Books, einem Imprint
der Verlagsgruppe Penguin Random House Ltd., London
Übersetzung: Anja Galić
Umschlagkonzeption: *zeichenpool, München
Umschlag- und Innenillustrationen: Frau Annika
MP • Herstellung: UK
Reproduktion: Reproline mediateam, München
Druck: Grafisches Centrum Cuno, Calbe
ISBN 978-3-570-17508-8
Printed in Germany

www.cbj-verlag.de

INHALT

Das sind wir:
Mami Fee & ich

Hallihallo

Ich heiße Ella Brook und lebe in Cherrywood. Ich habe blaue Augen und dunkelbraune Haare.

Meine allerallerbesten Freunde in der Schule sind Tom und Lenka.

Meine allerallerschlimmste Feindin ist Zoe. Sie wohnt im Haus nebenan und ist meine absolut Nicht-beste-Freundin. Sogar wenn sie lächelt, sieht sie ziemlich gemein aus. Ihr lernt die drei später noch genauer kennen.

Und das ist meine Mami. Sie sieht aus wie eine ganz normale Mami … aber das ist sie nicht. Sie kann sich nämlich in eine Fee verwandeln.

Dazu muss sie bloß dreimal mit dem Fuß aufstampfen, in die Hände klatschen, mit dem Po wackeln, ganz laut »Marshmallow« rufen und …

TADAAA!

Schon ist sie schwuppdiwupp Mami Fee.

Ich finde es toll, wenn sie Mami Fee ist, weil sie dann Flügel hat, die wunderbar schimmern, und eine silberne Krone, die wie ein Sternenhimmel funkelt. Sie kann fliegen und sich unsichtbar machen und außerdem kann sie richtig zaubern.

Mami hat sich vor Kurzem einen neuen Zauberstab gekauft. Der ist wirklich richtig cool. Er heißt Magic Smart V5 und ist kein normaler Zauberstab. Er ist nämlich gleichzeitig ein kleiner Computer mit magischem Bildschirm UND Turbo-Zauber-Taste.

Heutzutage haben die meisten Feen so einen Magic Smart. Es gibt extra Feen-Apps, Feen-Mailprogramme und Feen-Spiele. Wenn ich brav bin, erlaubt mir Mami manchmal, damit zu spielen (aber die Zauberfunktion schaltet sie vorher immer aus).

Meine Tante Jo und meine Omi sehen die meiste Zeit genauso normal aus wie Mami, aber die beiden können sich auch in Feen verwandeln. Ich bewundere Tante Jo sehr, weil sie so gut mit ihrem Magic Smart V5 umgehen kann. Sie kennt alle Zauberformel-Zahlencodes auswendig. Tante Jo kann wirklich unglaublich gut zaubern.
Omi will keinen Magic Smart. Sie mag keine Sachen, die Pieptöne von sich geben. Deswegen hat sie immer noch einen ganz einfachen altmodischen Feen-Zauberstab mit einem Stern an der Spitze. Omi sagt, dass er sie bis jetzt noch nie im Stich gelassen hat. Und außerdem hat sie mit ihm beim Großen Feen-Zauberwettbewerb dreimal hintereinander den ersten Preis für den besten Zauberspruch gewonnen.

Letztes Jahr hat Tante Jo ihn auch gewonnen. Tante Jo hat schon ganz viele Feen-Zauberwettbewerbe gewonnen.
Mami noch keinen einzigen.
Wenn Mami keine Fee ist, dann ist sie Chefin in einem Büro. Das bedeutet, sie sagt den Leuten, was sie tun sollen. Das kann meine Mami echt gut. Und sie kann auch echt schöne Gutenachtgeschichten erzählen und beim Autofahren singen. Sie ist die allerbeste Mami der Welt.
Nur zaubern kann sie nicht besonders gut. Ihr werdet bald erfahren, was ich damit meine.
Alle Mädchen aus meiner Familie verwandeln sich in eine Fee, wenn sie groß sind. Ich werde später auch mal eine.
Dann wachsen mir schimmernde Flügel und ich bekomme meinen eigenen Magic Smart. Ich freu mich schon so, dass ich es kaum erwarten kann. Mami nennt mich immer ihre kleine Junior-Fee.

Ich darf zwar noch keinen Zauberunterricht nehmen, aber ich versuche trotzdem schon, so viel wie möglich übers Zaubern zu lernen. Mami nimmt auf FeeTube einmal pro Woche an einem tollen Online-Zauberkurs teil. Ihre Lehrerin heißt Fenella. Sie ist natürlich auch eine Fee und bringt Mami alles bei, was man über Zauberei wissen muss. Ich schaue immer zu und versuche, mir die ganzen Zauberformel-Zahlencodes für den Magic Smart zu merken.
Mami gibt sich auch sehr viel Mühe, sich alles zu merken. Ich bin mir sicher, dass sie schon ganz bald besser zaubern kann.
Wenn Mami gerade mal keine Fee ist, dann sieht ihr Magic Smart V5 wie ein ganz piepnormales Handy wie jedes andere aus.

Das ist eine gute Tarnung, weil nämlich absolut NIEMAND wissen darf, dass Mami eine Fee ist. Ich darf es noch nicht einmal meinen Freunden erzählen.

Ollie ist mein kleiner Bruder. Er ist erst ein Jahr alt und er kann sich nicht in eine Fee verwandeln. Alle sagen, dass wir uns ähnlich sehen, aber das stimmt gar nicht, weil er noch ein Baby ist und ich nicht mehr. Er kann noch nicht mal richtig sprechen.

Sein absolutes Lieblingswort ist

Wuzzi-wuzzi-wuzzi.

Mein Papi kann sich auch nicht in eine Fee verwandeln und zaubern kann er auch nicht. Papi sagt aber immer, dass er dafür extra gut einparken kann.

REPARATURIBUS!

Reparatur-Zauber-Chaos und Feenstaub

Es fing an einem Samstagmorgen an. Wir saßen gerade beim Frühstück und Ollie schnappte sich den Milchkrug.

»Vorsichtig, Ollie!«, sagte Mami.

Aber es nützt absolut nichts, wenn man zu Ollie »vorsichtig« sagt.

Er schwenkte den Krug hin und her und verschüttete Milch auf dem Tisch.

»Stell ihn hin, Ollie«, sagte ich und versuchte, ihm den Krug wegzunehmen, aber er ließ ihn nicht los.

»Gib Mami den Krug, mein Schatz«, sagte Mami. Aber als sie danach griff, drückte Ollie den Krug wie einen Teddy an sich. Mami nahm ihm den Krug aus den Händen, aber Ollie schnappte ihn sich sofort zurück … und auf einmal schwappte die ganze Milch auf den Boden.

Ollie sagte: Wuzzi-wuzzi-wuzzi.

Mami sagte: »Er weiß noch nicht, dass er so was nicht machen soll.«

Ich glaube schon, dass er es wusste.

Überall war Milch – unter dem Tisch, unter den Stühlen und in jeder Bodenritze. Nur im Krug war keine mehr.

»Ist nicht weiter schlimm«, sagte Papi. »Ich flitze schnell zum Supermarkt.«

»Das dauert viel zu lange«, sagte Mami. »Wir brauchen die Milch jetzt sofort.«

Sie stampfte dreimal mit dem Fuß auf, klatschte in die Hände, wackelte mit dem Po, rief laut: »Marshmallow«, … und TADAAA! Schon war sie eine Fee.

Ich staune jedes Mal, wenn Mami zu Mami Fee wird. Plötzlich funkelt alles an ihr, und wenn sie ihre wunderschönen schimmernden Flügel bewegt, fühlt sich das auf der Haut an wie ein warmer Wind. Sogar ihr Lächeln ist dann noch strahlender.

Mami Fee holte ihr Handy aus der Tasche. Sobald sie es berührte, fing es an zu leuchten und verwandelte sich in ihren Magic Smart V5.

»Bist du sicher, dass das wirklich eine gute Idee ist?«, fragte Papi.

»Natürlich bin ich sicher!«, antwortete Mami Fee. »Du weißt doch, dass ich jeden Tag ein bisschen besser zaubere.«

Papi brummte etwas vor sich hin, das wir nicht verstehen konnten.

»Was hast du gesagt?«, fragte Mami Fee.

»Nichts, nichts«, antwortete Papi. »Lass dich nicht aufhalten.«

Mami Fee tippte blitzschnell einen Zahlencode in das Zauberstabdisplay – **piep-piep-blubs** –, dann schwenkte sie den Magic Smart durch die Luft und sagte:

Im nächsten Moment stand eine Kuh in unserer Küche. Eine riesengroße braune Kuh mit einer Glocke um den Hals.

»Ups«, sagte Mami Fee. »Wie ist das denn passiert?«

»Weißt du, wie man eine Kuh melkt?«, fragte Papi.

»Nein!«, sagte Mami Fee. »Natürlich nicht!«

»Muhhh!«, machte die Kuh.

Sie versuchte sich umzudrehen, aber es war nicht genug Platz in unserer Küche, und als sie mit ihrem Schwanz schlug, fegte sie alle Äpfel aus der Obstschale. Dabei gingen auch drei von Mamis Lieblingstassen – die mit den rosa Blümchen drauf – kaputt.

»Sofort aufhören!«, rief Mami Fee und führte die Kuh aus der Küche. Unterwegs ließ die Kuh einen Kuhfladen auf den Boden platschen.

»Um Himmels willen«, rief Papi.

»Tut mir leid«, sagte Mami Fee. Sie tippte einen anderen Zahlencode in ihren Magic Smart – **piep-piep-blubs** – und rief ein zweites Mal:

Hokus pokus Milchi bus!

Im nächsten Moment begann es, von der Decke zu regnen. Der Regen war braun und strömte über unsere Haare und unser ganzes Frühstück und machte alles nass. Ich streckte die Zunge raus, um die Tropfen aufzufangen, und musste lachen.

»Das ist Schokomilch!«, jubelte ich. »Es regnet Schokomilch! Mhmmmm, lecker! Können wir das jetzt jeden Tag haben?«

»Nein, können wir nicht«, sagte Mami Fee. Sie schaute böse zur Decke. »Ich wollte keine Schokomilch. Und ich wollte keine Kuh. Ich wollte einfach nur eine ganz normale Flasche Milch.

Hokuspokus Aufhöribus!

Es hörte auf, Schokomilch zu regnen. Mami Fee tippte noch einen anderen Zahlencode ein, rief ganz laut:

Hokuspokus Verschwindibus!

und, zack, war die Kuh auch schon wieder weg.
Papi wischte sich Schokomilch aus den Haaren. »In diesem Haus gibt es mir ein bisschen zu viel Zauberei«, seufzte er.
»Aber ich habe doch alles richtig gemacht! Ich verstehe nicht, was schiefgelaufen ist«, seufzte Mami Fee. »Dieser Magic Smart ist funkelnagelneu. Er hat sogar eine Turbo-Zauber-Taste.« Sie tippte darauf und es piepste. »Soll ich es noch mal versuchen?«
»NEIN!«, rief Papi. »Wozu gibt es Supermärkte? Wir müssen sowieso noch ein paar Sachen einkaufen.«
»Aber im Supermarkt dauert immer alles so furchtbar lange«, sagte Mami Fee. »Dafür habe ich heute keine Zeit. Ich muss noch tausend Dinge erledigen.«

»Eile mit Weile«, sagte Papi.

»Was heißt das?«, fragte ich.

Papi antwortete: »Es heißt, dass etwas schiefgeht, wenn man sich zu sehr beeilt. Ganz besonders, wenn man Zauberei verwendet.«

Papi kann weder zaubern noch fliegen. Er sagt immer: »Wer fliegen will, kann wie jeder normale Mensch ein Flugzeug nehmen.«

Aber Mami ist kein normaler Mensch. Sie ist Mami Fee.

Als wir später beim Supermarkt ankamen, entdeckte ich meine beiden Freunde Tom und Lenka.

»Hallo, Lenka!«, rief ich.

»Hallo, Tom!«

Tom schob gerade den Einkaufswagen zur Kasse, um seiner Mutter zu helfen. Tom ist wirklich einer der nettesten Jungs auf der Welt.

Lenka ließ sich gerade an einem kleinen Stand das Gesicht bemalen. Die Frau, die das machte, malte ihr mit silberner Glitzerfarbe einen Schmetterling auf die Wangen.

»Schau mal, Mami!«, rief ich. »Darf ich mir mein Gesicht auch anmalen lassen?« Aber Mami schüttelte den Kopf.

»Heute leider nicht, Ella. Komm, wir müssen weiter!«

Wir gingen zum Müsli-Regal, wo Mami mehrere Schachteln Müsli in den Einkaufswagen packte. Ollie saß vorne im Wagen, und Mami schob ihn so schnell, dass Ollie laut lachte und mit den Armen wedelte, als würde er im Freizeitpark Karussell fahren.

In der Obstabteilung konnte man verschiedene Apfelsorten probieren. Aber Mami sagte: »Tut mir leid, Ella, heute nicht. Komm, wir müssen weiter!«

Wir rannten durch den Supermarkt, als müssten wir einen Marathonlauf gewinnen. Ollie lachte immer lauter und Mami sang:

Wir düsen, düsen, düsen, düsen im Sauseschritt
und nehmen Ollie mit …

Aber als wir bei der Kasse ankamen, hörte Mami auf zu singen und zog stattdessen ein finsteres Gesicht. Dort war eine riiiiiiiiiesenlange Warteschlange. Die Leute hatten alle pickepackevolle Einkaufswagen. Im Wagen von einem Mann stapelten sich mindestens hundert Packungen Waschmittel!

Tom und seine Mutter waren schon fertig und gingen gerade zum Ausgang. Als er uns sah, rief er: »Viel Glück! Wir mussten ewig anstehen!«

»Also wirklich!«, schimpfte Mami. »Dann sorg ich eben dafür, dass alles ein bisschen schneller geht.«

Ich war mir nicht sicher, ob das so eine gute Idee war.

»Weißt du nicht mehr, was Papi gesagt hat?«, fragte ich sie. »Er hat gesagt: Eile mit Weile.«

»Ich habe heute aber noch tausend Dinge zu erledigen«, sagte Mami. »Wir haben keine Zeit für so was.«

Wir versteckten uns hinter einem Regal mit Bohnen in Tomatensoße, wo uns niemand sehen konnte. Dann stampfte Mami ganz leise dreimal mit dem Fuß auf, klatschte in die Hände, wackelte mit dem Po, flüsterte: »Marshmallow«, ... und TADAAA! Schon war sie Mami Fee. Sie tippte einen Zahlencode in ihren Magic Smart – **piep-piep-blubs** –, zeigte auf sich und sagte: »Hokuspokus Unsichtbaribus!« Auf einmal war sie unsichtbar und niemand konnte sie mehr sehen – außer mir. Ich kann Mami immer sehen, auch wenn sie sich verzaubert hat, weil ich eines Tages selbst eine Fee sein werde.

Mami Fee tippte noch einen anderen Zahlencode in ihren Magic Smart – **piep-piep-blubs** –, zeigte damit auf die Frau an der Kasse und rief:

Hokuspokus

Plötzlich fing die Kassiererin an, die Sachen blitzschnell in den Einkaufswagen zu werfen.
»Na bitte!«, sagte Mami Fee. »So gefällt mir das schon viel besser.«
Eine Ananas flog in den Einkaufswagen – **klonk!**
Eine Chipstüte – **raschel!**
Ein Grill – **krawumm!**
Nach einer Minute sagte Mami Fee: »Ich finde, da kann sogar noch ein bisschen mehr Tempo rein.«
»Ist dir das noch nicht schnell genug?«, fragte ich.
»Je schneller, desto besser«, sagte Mami Fee.

Sie zeigte mit ihrem Magic Smart auf die Leute, die an der Kasse anstanden, drückte auf die Turbo-Zauber-Taste und rief:

Hokuspokus Nochschnelleribus!

Auf einmal fingen alle an, wie wild ihre Sachen aufs Band zu werfen – immer schneller und schneller und schneller.
»Mami Fee«, sagte ich. »Ich glaube, das ist doch zu schnell.«

Eier flogen durch die Luft und zerbrachen – **klitsch-klatsch!** Limonadenflaschen fielen herunter und zersplitterten – **bitzel-spritzel!** Ein Schokopudding landete auf dem Boden – **plotschplatsch!**

Überall flog Essen herum. Der alte Mann vor mir bekam einen Stinkekäse an den Kopf. Einer Frau blieb Brokkoli in den Ohren stecken. Ollie war von oben bis unten mit Bohnen in Tomatensoße bekleckert und konnte gar nicht mehr aufhören zu lachen. Als ein Becher Vanilleeis herunterfiel – **plitsch-pflatsch!** –, kam sofort ein Hund angerannt und schlabberte das Eis vom Boden auf, bis eine Supermarktangestellte ihn aus dem Laden jagte.

Jetzt warf die Frau an der Kasse die Waschmittelpackungen in den Einkaufswagen.

Rumms! Rumms! Rumms! Sie platzten alle auf und eine riesige weiße Pulverwolke stob in die Luft.

Danach sahen alle Leute aus wie Schneemänner und Schneefrauen. Ich fand das lustig, aber gleichzeitig wurde mir auch ziemlich mulmig. Die Leute schrien und rannten kreuz und quer durcheinander. Mami Fee machte ein besorgtes Gesicht.
»Was soll ich denn jetzt machen, meine kleine Junior-Fee?«, fragte sie mich leise.
»Benutze die Reparaturibus-Zauberformel«, sagte ich. Die Reparaturibus-Zauberformel kenne ich von Mamis Zauberunterricht mit Fenella auf FeeTube. Die Reparaturibus-Zauberformel benutzt man immer dann, wenn etwas ganz schlimm schiefgelaufen ist. Aber sie ist so mächtig, dass man sie laut Feen-Regelbuch nur einmal in der Woche benutzen darf.
»Weißt du noch, wie sie geht?«, fragte ich Mami Fee.
»Natürlich!«, sagte Mami Fee. Sie tippte einen Zahlencode in ihren Magic Smart – **piep-piep-blubs** –, schwenkte ihn durch die Luft und rief:
»Hokuspokus Reparaturibus!«

Aber es passierte – nichts. Also versuchte Mami Fee es noch einmal:

Hokuspokus Reparaturibus!

Nichts. Die ganzen Einkäufe flogen immer noch wie wild gewordene Düsenjets durch die Luft. Mir knallte eine Schweinefleischpastete an den Kopf und ich rief: »Aua!«

»Oh weh, Ella, ich schaffe es einfach nicht.« Jetzt machte Mami Fee ein noch besorgteres Gesicht. »Du musst mir helfen!«

»Die Reparaturibus-Zauberformel ist doch babyleicht!«, sagte ich. Ich fragte mich, ob Mami den richtigen Zahlencode benutzt hatte.

Es fällt ihr immer schwer, sich all die vielen Zauberformeln zu merken. Sie sagt, dass sie viel zu viele andere Dinge im Kopf hat: zum Beispiel sich um ihre Kinder kümmern und Chefin im Büro sein.

»Welche Zahlen hast du eingetippt?«, fragte ich.

»4-5-9«, sagte Mami Fee. Sie sah schrecklich durcheinander aus. »Stimmt das denn nicht?«

»Nein, das ist falsch! 4-9-9 ist richtig!«, rief ich. »Du musst 4-9-9 eintippen!«

»Ach ja!«, seufzte Mami Fee. »Jetzt weiß ich es wieder.« Sie tippte den Code ein – **piep-piep-blubs** – und sagte: »Hokuspokus Reparaturibus! Bitte! Bitte, bitte, bitte!«

Diesmal klappte es. Die Leute bewegten sich jetzt alle wieder in normalem Tempo. Die glibberigen Eier flogen wieder in ihre Schalen. Der Schokopudding verschwand mit einem lauten Schlürfen in seinem Becher. Und die Bohnen marschierten eine nach der anderen in ihre Dose zurück.

»Bravo, Mami Fee!«, lobte ich sie. »Du hast es geschafft!«
»Nein, Ella«, sagte Mami Fee. »Du hast es geschafft. Aus dir wird einmal eine hervorragende Fee werden, wenn du groß bist.«
Sie sah aus, als wäre sie furchtbar stolz auf mich, und ich spürte ein warmes glückliches Blubbern im Bauch.
Jetzt mussten nur noch die Leute beruhigt werden. Alle redeten aufgeregt durcheinander, manche weinten sogar. Eine Frau lag auf dem Boden und schrie: »Hilfe! Hilfe! Die Eier leben!«
»Zeit für ein bisschen Feenstaub«, sagte Mami Fee.
Mami Fee bewahrt ihren Feenstaub in einem Geheimfach in ihrer Tasche auf. Sie holte eine Handvoll von dem silbrig glitzernden Staub heraus und streute ihn über die Leute. Feenstaub ist sehr praktisch. Er sorgt dafür, dass alle, die einen Zauber gesehen haben, vergessen, was passiert ist.

Zehn Sekunden lang standen die Leute im Supermarkt so reglos da, als wären sie Statuen.
»Weiter geht's!«, rief Mami Fee, und auf einmal erwachten sie alle wieder zum Leben.
Jetzt ging es im Supermarkt plötzlich ganz entspannt zu. Die Leute lächelten, als wäre nie etwas geschehen. Und unser Einkaufswagen stand ganz vorne in der Schlange. Mami Fee huschte schnell hinter ein Regal, um sich wieder sichtbar zu machen.
»Wo hast du denn deine Mami gelassen, meine Kleine?«, fragte die Kassiererin.
»Ich? Äh …«, stotterte ich. »Meine Mami ist nur …«
»Da bin ich schon!«, sagte Mami und tauchte neben mir auf. Ihre schimmernden Flügel waren verschwunden. Sie war keine Fee mehr, sondern einfach nur Mami und zwinkerte mir verschwörerisch zu. Dann rief sie: »Ach, was treibt Ollie denn da?«
Ollie popelte sich gerade fröhlich glucksend eine Bohne aus der Nase und rief: »Wuzzi-wuzzi-wuzzi!«

Auf dem Weg nach draußen kamen wir an einem Café vorbei. Davor stand ein großes Schild mit der Aufschrift:

FRISCHE KIRSCH-MUFFINS
NUR HEUTE

Ich liiiiebe Kirsch-Muffins. Also sagte ich: »Mami, können wir in das Café gehen und einen Kirsch-Muffin essen?«

Mami machte den Mund auf, und da wusste ich schon, was sie gleich sagen würde. »Tut mir leid, Ella, heute nicht. Wir müssen weiter!«
Aber dann klappte sie den Mund wieder zu und dachte einen Moment nach. Und plötzlich sagte sie: »Weißt du, was, Schatz? Das ist eine gute Idee. Lass uns eine Pause machen und Kirsch-Muffins essen. Du hast mir so toll geholfen, dafür hast du dir eine Belohnung verdient.«

Wir gingen ins Café, holten uns an der Theke unsere Muffins und setzten uns damit an einen Tisch.
Lenka und ihre Mami kamen auch herein, und meine Freundin rief: »Schau mal, Ella! Ich bin ein Schmetterling!«
»Das sieht toll aus!«, sagte ich. Dann fragte ich: »Hast du vorhin im Supermarkt eigentlich irgendwas Komisches gesehen?«

»Was Komisches? Nein, da war nichts komisch«, sagte Lenka und setzte sich zu ihrer Mutter.
Ich hätte ihr so gern erzählt, dass mir der richtige Zauberformel-Zahlencode eingefallen war und dass ich meine Mami gerettet hatte. Aber das durfte ich natürlich nicht. Manchmal ist es echt schwer, Junior-Fee zu sein. Aber dann schaute ich zu Mami, und sie drückte meine Hand, und da wusste ich, dass sie mich verstand.
»Bravo, Ella.« Sie lächelte mich verschwörerisch an und nahm einen Schluck von ihrem Kaffee. Für mich hatte sie eine heiße Schokolade und für Ollie einen Apfelsaft bestellt. Ich sah, dass in seinen Haaren noch ein bisschen Feenstaub glitzerte. Mami holte meinen Block und meine Buntstifte aus der Tasche und ich malte ein Bild von den ganzen herumfliegenden Essenssachen.
Während ich malte, dachte ich nach. »Mami«, sagte ich, »muss ich Fee werden, wenn ich mal groß bin?«

Mami schaute mich überrascht an. »Nein, Ella«, sagte sie. »Du musst natürlich keine Fee werden. Willst du denn eine sein?«

Ich dachte an die Kuh, die ihren Kuhfladen in unsere Küche gemacht hatte. Ich dachte an den Schokomilchregen und an die Frau mit dem Brokkoli in den Ohren und an die schreienden Leute. Ich wollte keine Kühe und fliegenden Brokkoli zaubern.

Aber dann dachte ich daran, wie ich mich an den richtigen Zauberformel-Zahlencode erinnert hatte. Und plötzlich spürte ich wieder das glückliche Blubbern im Bauch.

»Doch«, sagte ich. »Ich will eine Fee werden. Ich werde die supertollste, supercoolste Fee der Welt.«

Mami und ich lächelten uns an und dann aß ich meinen Kirsch-Muffin.

CUPCAKE-IBUS!

Turbozauber für eine tolle Teeparty

Es war Samstag und wir hatten Tom und Lenka zum Tee eingeladen.

Tom kenne ich schon, seit ich auf der Welt bin, weil wir im selben Krankenhaus geboren worden sind, und jetzt gehen wir zusammen zur Schule.

Lenka ist erst seit letztem Jahr in meiner Klasse. Ihre Mami ist superhübsch und kann superleckere polnische Pfannkuchen backen.

Tom und Lenka sind meine allerallerbesten Freunde, weil sie so lustig sind und gern Verstecken spielen.

Meine absolut Nicht-beste-Freundin Zoe von nebenan und ihre Mutter waren auch zum Tee eingeladen. Meine Mami und ihre Mami finden, dass wir beste Freundinnen sein sollten, weil wir nebeneinander wohnen, aber Zoe ist meine Nicht-beste-Freundin, weil sie immer so gemein zu mir ist. Diese Woche hat sie in der Schulcafeteria ihren Sprudel über meinen Teller verschüttet und so getan, als hätte sie es nicht mit Absicht gemacht. Auf Zoe freute ich mich überhaupt nicht. Aber ich freute mich schon riesig auf die Cupcakes.

Mami hatte an dem Tag wieder Zauberunterricht auf FeeTube bei ihrer Feenlehrerin Fenella. Diesmal ging es darum, Cupcakes zu zaubern.

»Die Zauberformel dafür geht ganz einfach«, sagte Fenella auf dem Feencomputer-Bildschirm. Fenella hat lange, glatte Haare und eine

Brille und erklärt immer alles so, dass man es ganz leicht versteht. Sie schwenkte den Magic Smart und sagte:

Hokuspokus Cupcake-ibus!

Und auf einmal standen zehn leckere Schoko-Cupcakes vor ihr.

Hokuspokus Cupcake-ibus!, sagte Mami Fee ganz schnell, aber bei ihr tauchten bloß Teetassen auf.

»Ach du meine Güte«, sagte Mami Fee. »Wie konnte denn das passieren?«

Mir wurde ein bisschen mulmig. Ich wollte nicht, dass Mami Fee die Cupcakes zauberte.

»Mami Fee«, sagte ich. »Ich weiß, dass Zaubern schneller geht als Backen. Aber wenn du die Cupcakes zauberst, kann ich den Löffel nicht abschlecken.«
Mami Fee schaute auf ihren Magic Smart. Dann schaute sie mich an. »Da hast du natürlich recht, mein Schatz«, sagte sie. »Lass sie uns selbst backen.«
Wir mischten Mehl, Eier, Zucker, Butter und Kakaopulver zusammen. Als alles gut verrührt war, tauchte ich den Finger in den Teig. Mhmmmm, war das lecker.
»Mami, darf ich den Teig so essen?«, fragte ich. »Bitte, bitte, bitte? Nur dieses eine Mal?«
»Nein«, sagte Mami. »Aber du darfst später den Löffel abschlecken.«
Sie holte den Puderzucker für die Glasur und die bunten Streusel heraus. Plötzlich hörten wir von draußen Jubelrufe und Leute, die klatschten.
»Was ist denn da los?«, sagte Mami. »Kommt, wir gehen nachschauen.« Sie nahm meinen kleinen Bru-

der Ollie auf den Arm und wir gingen zusammen raus. Als wir vor die Tür traten, sahen wir Zoe und ihre Mutter vor ihrem Haus stehen. Eine Frau in einer rosa Jacke überreichte Zoes Mutter gerade einen großen silbernen Pokal und ein Mann machte ein Foto von ihnen. Um sie herum standen ganz viele Leute und schauten zu.

»Herzlichen Glückwunsch!«, sagte die Frau zu Zoes Mutter. »Sie haben den diesjährigen Preis für das perfekteste Haus gewonnen. Ihr Heim ist das ordentlichste und sauberste in ganz Cherrywood! Und jetzt, meine Damen und Herren, darf ich Sie alle bitten, einzutreten und sich dieses herrliche Zuhause anzuschauen!«

Wir folgten den anderen Leuten ins Haus. Bei Zoe zu Hause ist immer alles ganz toll aufgeräumt, aber heute war es superordentlich. Der Boden glänzte, die Fenster blitzten, und es lag nichts herum. Keine Spielsachen, keine Bücher, keine Jacken, nichts.

Bei uns zu Hause sieht es nicht so aus. Bei uns zu Hause gibt es jede Menge nützliche Dinge, die alle genau dort liegen, wo man sie braucht. Ollies Spielsachen sind über den ganzen Boden verteilt und auf der Bank im Flur stapeln sich unsere Jacken. Und es liegen überall Bücher herum, weil man nie weiß, wann einem plötzlich danach ist, ein Buch zu lesen. Oder eine Zeitung. Oder eine alte Ausgabe der Zeitschrift Feen-Spiegel.

»Oh-oh.« Mami schluckte, als sie sich in dem superordentlichen Haus umschaute. »Es ist wirklich sehr aufgeräumt hier. Vielleicht sollten wir vor der Teeparty bei uns noch ein bisschen Ordnung machen.«

Wir gingen zu Zoes Mutter, um ihr zu gratulieren. Sie sah aus, als wäre sie sehr stolz auf ihren silbernen Pokal.

Zoe kam angerannt. »Wir haben gewonnen!«, sagte sie zu uns. »Unser Haus hat den ersten Preis gewonnen!«

»Das habt ihr toll gemacht«, sagte Mami. »Wir freuen uns schon auf unsere Teeparty. Wir backen Schoko-Cupcakes.«

»Wie köstlich!«, sagte Zoes Mama. »Wir lieben Schoko-Cupcakes, nicht wahr, Zoe?«

»Ich wette, die schmecken nicht«, sagte Zoe. Aber sie sagte es so leise, dass niemand außer mir es hören konnte. »Ich wette, ihr wisst noch nicht mal, wie man Cupcakes überhaupt backt.«

Da ließ ich sie einfach stehen und ging weg. Mami sagt immer, wenn jemand gemein ist, soll man gar nicht zuhören.

Aber Zoe kam mir nach. »Ich wette, dass deine Mami die Cupcakes im Backofen ankokeln lässt«, sagte sie. »Ich wette, dass ihr sie in den Müll werfen müsst.«

Da wurde ich doll wütend, aber ich zeigte es nicht. »Wir lassen sie gar nicht ankokeln«, sagte ich und lief schnell zu Mami zurück. »Komm, wir gehen nach Hause und backen die Cupcakes«, sagte ich.

Als wir wieder zu Hause waren, blieben wir kurz im Flur stehen. Ich schaute Mami an und Mami schaute mich an. Unser Flur war nicht so ordentlich wie der von Zoe. Er glänzte nicht und er war auch nicht so aufgeräumt. Aber er war gemütlich.

»Ich mag unser Haus, so wie es ist«, sagte ich.

»Ich auch«, sagte Mami und lachte. Trotzdem spürte ich, dass sie sich Sorgen machte. Ich wollte nicht, dass Zoe sich später über unser unordentliches Haus lustig machte.

»Wir können ja wenigstens ein klitzekleines bisschen aufräumen«, sagte ich.

Nachdem Mami Ollie abgesetzt hatte, räumten wir alle Schuhe weg und hängten Ollies Mütze auf. Ich fand ein verschrumpeltes Apfelkerngehäuse, eine zerfledderte Zeitung, eine alte Papiertüte und ein

Gummibärchen auf dem Boden. Wir warfen alles weg. (Das Gummibärchen hätte ich gern gegessen, aber Mami erlaubte es mir nicht.)

»So!«, sagte Mami, als wir fertig waren. »Das ist doch schon viel besser. Und jetzt lass uns die leckeren Cupcakes backen.«

Aber als wir in die Küche kamen, schnappten wir beide laut nach Luft.

»Oh nein!«, sagte Mami. »Was ist denn hier passiert?«

Ollie war passiert.

Ollie hatte das Tischtuch von unserem Küchentisch gezerrt und alles heruntergerissen – auch die Schüssel mit dem Cupcake-Teig. Jetzt hockte er fröhlich brabbelnd auf dem Boden und patschte mit seinen verschmierten Händen herum.

Überall war Teig: in seinen Haaren, auf den Fliesen, an den Schränken, auf seiner Nase.

Und er hatte die Packungen mit dem Puderzucker und den bunten Streuseln aufgerissen und herumgestreut und die Zeitung in tausend Fetzen zerrissen.
Die Küche war ein einziges riesiges Tohuwabohu.

»Ollie!«, rief ich. »Was hast du getan?«

»Wuzzi-wuzzi-wuzzi«, gluckste Ollie und klatschte sich einen Klecks Teig auf den Kopf.

»Mami!«, sagte ich. »Was machen wir denn jetzt? Das kriegen wir doch nie wieder sauber.«

Mami lächelte. »Aber sicher doch!«

Sie stampfte dreimal mit dem Fuß auf, klatschte in die Hände, wackelte mit dem Po, sagte: »Marshmallow«, … und TADAAA!

Schon war sie Mami Fee.

»Hm, welche Zauberformel passt hier wohl am besten?« Sie dachte so angestrengt nach, dass ihre Stirn ganz faltig wurde.

»In der Feen-App auf deinem Magic Smart habe ich eine Zauberformel gesehen, die *Sauberibus* heißt.«

»Sauberibus!«, rief Mami Fee. »Natürlich! Was bist du nur für eine blitzgescheite Junior-Fee.«

Ich war sehr stolz auf mich, weil mir der richtige Zauberspruch eingefallen war.

Mami tippte den Zaubercode in ihren Magic Smart – **piep-piep-blubs** – und sagte:

Einen Moment lang passierte gar nichts.

Dann erwachte plötzlich der Wischmopp in der Ecke zum Leben. Er sauste zu Mami herüber und schwebte abwartend vor ihr in der Luft. Eine Sekunde später kamen auch noch Kehrschaufel und Handbesen angewatschelt und ein Eimer angescheppert und die Wischlappen hüpften aus dem Spülbecken herbei.

Mir klappte die Kinnlade herunter.

»Du hast die Putzsachen verzaubert!«, sagte ich.

»Oh ja, mein Schatz, das habe ich.« Mami Fee machte ein sehr zufriedenes Gesicht. »So, und jetzt wisch schön den Boden sauber«, sagte sie zu dem Wischmopp. »Und zwar fix, wenn ich bitten darf. **Hopphopp.**«

Der Mopp rührte sich nicht von der Stelle.

»Nein«, sagte er mürrisch. »Ich will nicht.«

»Was?« Mami Fee starrte den Mopp an.

»Mami Fee, der Mopp hat geredet!«, keuchte ich.

»Ich weiß«, sagte Mami Fee. »Und das sollte er nicht.

Also hör bitte auf zu quatschen, Mopp, und mach dich endlich an die Arbeit, dalli, dalli.«

»Ich will nicht«, sagte der Mopp. »Ich will spielen.«
»Wir auch!«, quietschten die Putzlappen. »Wir wollen nicht sauber machen. Sauber machen ist langweilig. Spielen! Spielen! Spielen!«
»Ihr macht jetzt sofort die Küche sauber!«, rief Mami Fee streng. Weil Mami die Chefin von einem großen Büro ist, ist sie daran gewöhnt, dass ihr immer alle gehorchen.
»Will nicht!«, sagte der Mopp und fing an, auf der Stelle hin und her zu zappeln.
»Ich will auch spielen«, krächzte die Kehrschaufel.
»Hey, ich weiß was! Lasst uns Verstecken spielen! Eins … zwei … drei …«

Die Putzsachen rannten kichernd los und suchten sich ein Versteck. Der Handbesen verkroch sich hinter dem Brotkasten. Der Mopp versteckte sich hinter Mami Fee.

»Sofort aufhören!«, sagte Mami Fee, aber die Putzsachen gehorchten ihr nicht. Sie deutete auf die Seiten der Zeitung, die verstreut auf dem Boden lagen. »Okay, Zeitung«, sagte sie. »Dann geh du eben mit gutem Beispiel voran und zeig den anderen, wie man sich benimmt.

Hokuspokus Sauberibus!

An die Arbeit!«

Aber die Zeitung faltete sich nicht wieder zusammen. Die Seiten knüllten sich zu Kugeln und fingen an, wie Schneebälle durch die Luft zu fliegen.

»Mami Fee, die Zauberformel funktioniert nicht!«, rief ich. »Die machen einfach alle, was sie wollen!«

Mami Fee war ganz rot im Gesicht.
»Ach du meine Güte«, seufzte sie.
»Wie konnte denn das passieren? Lass es mich noch mal versuchen!« Sie zeigte auf die Mehltüte. »Mehl! Hokuspokus Sauberibus! Verschwinde in den Schrank zurück.«
Das Mehl schwebte nach oben und flog dann gaaanz langsam zum Schrank hinüber.
»Na also, siehst du?«, sagte Mami Fee erleichtert. »Wenigstens das Mehl weiß, was sich gehört.«
Doch dann kippte die Tüte um und es regnete Mehl über Mami Fee, Ollie und mich.

»Nicht!«, rief Mami Fee. »Böses Mehl!«
»Hab dich!«, sagte die Kehrschaufel zum Mopp. »Und jetzt lasst uns Tohuwabohu-Anrichten spielen!«
Der Besen fegte alle Vorräte aus den Schränken. »Nie mehr aufräumen! Wir lieben Tohuwabohu!«
»Böser Besen!«, schimpfte Mami Fee.
»Spielen, spielen, spielen!«, sangen die Putzlappen und tanzten im Kreis. »Tohuwabohu! Tohuwabohu! Tohuwabohu!«
»Aufhören!«, rief Mami Fee.
»Wir lieben Tohuwabohu!«, sangen die Putzlappen. »Wir lieben Tohuwabohu!«
Ich schaute aus dem Fenster und sah Zoe vor unserem Haus.
»Mami Fee!«, rief ich panisch. »Zoe kommt! Dann sieht sie dich! Dann sieht sie die ganze Unordnung! Dann sieht sie alles!«
Mit klopfendem Herzen rannte ich nach draußen, um sie aufzuhalten.

»Hallo, Zoe«, sagte ich und stellte mich ihr einfach mitten in den Weg.

»Ich habe eine Nachricht für deine Mutter«, sagte Zoe. »Wir kommen ein bisschen später zum Tee, weil immer noch so viele Leute da sind, die unser Haus fotografieren wollen. Wir haben nämlich den ersten Preis für das perfekteste Haus in ganz Cherrywood gewonnen.«

»Ich weiß«, sagte ich.

»Wo ist denn deine Mama?« Zoe versuchte sich an mir vorbeizuschieben, aber ich versperrte ihr weiter den Weg.

»Weiß nicht«, sagte ich. »Warum gehst du nicht einfach wieder nach Hause? Oder … lass uns irgendwas im Garten spielen.«

»Ich muss deiner Mama aber die Nachricht überbringen«, sagte Zoe.

Sie versuchte noch einmal, an mir vorbeizugehen, und ich hielt sie am Arm fest.

»Hey, was soll das?«, rief Zoe. Dann riss sie sich los und lief an mir vorbei ins Haus.
Ich rannte ihr hinterher und wir blieben beide wie angewurzelt in der Küchentür stehen.
Mami Fee und Ollie waren verschwunden. Es regnete kein Mehl mehr und die Putzsachen hatten aufgehört zu tanzen. Der Zauber war vorbei. Es war mucksmäuschenstill in der Küche.
Aber es herrschte ein furchtbares Tohuwabohu.
Als Zoe unsere verwüstete Küche sah, riss sie die Augen auf. Sie starrte auf die mit Cupcake-Teig verklebten Schränke, den mit Mehl eingestäubten Boden und die überall herumliegenden Zeitungspapierkugeln. Dann schaute sie mich an und lachte ihr gemeines Lachen.
»Das ist das unordentlichste Haus der Welt«, sagte sie. »Das werde ich meiner Mama erzählen.«
Sie rannte zu sich nach Hause zurück. Mein Gesicht war ganz heiß und brannte.

Wir hatten nicht das unordentlichste Haus der Welt. Da war bloß etwas mit der Zauberformel schiefgelaufen.
Einen Moment später kam Mami herein. Sie war keine Fee mehr – sie war einfach Mami, mit teigverschmierten Wangen und Mehl in den Haaren.
Das sah lustig aus, aber gleichzeitig wurde mir auch wieder ziemlich mulmig.
»Mami«, sagte ich mit zitternder Stimme. »Ist das meine Schuld? War die Zauberformel, die ich gesagt habe, falsch?«
Mami nahm mich ganz fest in den Arm. Danach war ich auch voller Mehl, aber das war mir egal.
»Die Formel war goldrichtig, meine kleine Ella Fee«, sagte sie. »Ich brauche einfach noch mehr Zauberübung. Aber mein Magic Smart hat jetzt erst mal Pause. Komm, wir räumen das Chaos selbst auf.«

Also fingen wir mit Putzen und Aufräumen an. Das machte richtig viel Spaß, weil wir dabei Musik hörten und uns mit den Besen durch die Küche jagten. Wir brachten alles auf Hochglanz und taten so, als seien wir Piraten, die ihr Schiff schrubben. **»Hey-ho-hey-ho!«,** rief Mami mit Piratenstimme.

»Sorgen wir dafür, dass dieses Schiff wieder wie neu glänzt, Matrose!«

»Aye-aye, Käpt'n!«, rief ich zurück.

Sogar Ollie robbte mit einem Putzlappen über den Boden.

Als wir fertig waren und die Küche wieder blitzblank war, sagte Mami: »Siehst du? Wir kommen auch ohne Zauberei klar. Wozu haben wir schließlich unsere Hände und unseren Kopf. Das war lustig, findest du nicht?«

»Ja«, sagte ich, weil es wirklich lustig gewesen war.

»Aber was ist jetzt mit den Cupcakes? Unsere Gäste kommen doch gleich.«

»Wir brauchen keine Cupcakes. Wir haben noch jede Menge Kekse.« Mami machte eine Packung Kekse auf und verteilte sie auf einem Teller. »Und jetzt geh dir das Gesicht waschen und die Haare bürsten.«

Das machte ich. Nachdem ich mir die Haare gebürstet hatte, steckte ich mir den Pony mit einem funkelnden Feen-Haarreif zurück und stellte mir vor, es wäre meine Feen-Krone. Ich dachte daran, wie es sein würde, wenn ich später selbst eine Fee war und richtig zaubern konnte.

Aber ich dachte auch daran, dass wir jetzt keine Cupcakes hatten. Als ich in die Küche zurückkam, wusste ich, dass ich traurig aussah.

»Ella!«, sagte Mami. »Was hast du denn?«

»Wir haben keine Cupcakes«, sagte ich.

»Wir brauchen keine Cupcakes, um eine Teeparty zu veranstalten.«

»Aber Zoe hat gesagt, dass wir unsere Cupcakes bestimmt im Backofen ankokeln lassen«, erzählte ich Mami. »Und sie in den Müll werfen müssen. Jetzt denkt sie bestimmt, dass sie recht hatte.«

»Das hat sie gesagt?« Mami sah ziemlich sauer aus. Aber dann lächelte sie. »In Ordnung, mein Schatz. Ich habe dir Cupcakes versprochen, also sorge ich auch dafür, dass du Cupcakes bekommst.«

»Aber dafür ist es jetzt zu spät!«, sagte ich verzweifelt. Als ich aus dem Fenster schaute, sah ich nämlich, dass Zoe und ihre Mutter schon auf dem Weg zu uns waren.

Zoe zog ihre Mutter ungeduldig an der Hand hinter sich her. Ich hörte, wie sie sagte: »Warte nur, bis du ihr Haus siehst. Das unordentlichste Haus der Welt! Überall liegen Sachen auf dem Boden herum! Und Cupcakes haben sie auch keine!«

Mami stampfte ganz schnell dreimal mit dem Fuß auf, klatschte in die Hände, wackelte mit dem Po, sagte: »Marshmallow«, … und TADAAA! Schon war sie Mami Fee. Mami Fee hob ihren Magic Smart und schaute ihn streng an. »Mach jetzt bloß keinen Quatsch!«

In dem Moment klingelte es an der Tür.
»Oh nein, Mami Fee!«, sagte ich. »Sie sind da!«
»Moment noch!«, flötete Mami Fee. »Ich komme gleich!« Dann tippte sie einen Zahlencode in ihren Magic Smart – **piep-piep-blubs** – und sagte:

Hokuspokus Cupcake-ibus!

Im nächsten Augenblick war die Küche voller Cupcakes. Es waren bestimmt über hundert. Alle möglichen Sorten stapelten sich zu hübschen Türmen auf Tellern – rosa Cupcakes, Schoko-Cupcakes, glitzernde Cupcakes.

Es gab sogar welche, auf denen mit Zuckerguss Tom und Lenka und Zoe und Ella geschrieben war. Sie sahen einfach himmlisch aus. Und sie dufteten wie die allerköstlichsten Cupcakes der Welt. Ich war so überwältigt, dass ich gar nichts sagen konnte.

»Kandierter Apfel!«, rief Mami Fee, und sofort war sie wieder nur Mami. Sie ging in den Flur, machte die Tür auf und begrüßte Zoe und ihre Mutter mit einem strahlenden Lächeln.

»Hereinspaziert!«, sagte sie. »Herzlich willkommen auf unserer Teeparty.«

Als Zoe in die Küche kam und all die Cupcakes sah, blieb ihr der Mund offen stehen.

»Wie hübsch Sie es hier haben!«, rief Zoes Mutter. »So sauber und ordentlich. Und schau sich einer diese ganzen wundervollen Cupcakes an! Sie könnten locker den Preis für das perfekteste Haus gewinnen!«

»Ich glaube nicht, dass unser Haus perfekt ist«, sagte Mami lächelnd. »Aber wir lieben es trotzdem. Nicht wahr, Ella?«

Zoe funkelte mich mit kleinen, wütenden Augen an und schubste mich, als ihre Mutter gerade nicht hinguckte.

»Ich weiß, dass die Küche ein Schweinestall war«, sagte sie. »Ich weiß, dass der Cupcake-Teig auf dem Boden lag. Wie habt ihr es geschafft, aufzuräumen und so schnell diese ganzen Cupcakes zu backen?«

Aber ich antwortete nicht. Ich dachte an Mami Fee und den sprechenden Wischmopp.

Ich dachte an das aufmüpfige Mehl und die tanzenden Putzlappen und die Zeitungsseiten, die wie Schneebälle durch die Luft geflogen waren. Ich dachte daran, wie wir die Küche sauber gemacht hatten und uns dabei vorgestellt hatten, wir wären Piraten. Ich dachte an meine besten Freunde Tom und Lenka, die gleich kommen würden. Und dann lächelte ich mein nettestes Lächeln.

»Hier, bitte, Zoe«, sagte ich und hielt ihr einen Teller hin. »Nimm dir doch einen Cupcake.«

GESUNDIBUS!

Die Feengrippe und der Spuk mit dem fliegenden Bett

Eines Morgens ging ich in Mamis Schlafzimmer und blieb erschrocken stehen. Sie hatte überall rote Punkte im Gesicht und schnäuzte sich gerade die Nase.

»Mami«, rief ich. »Ich glaube, du bist krank!«

»Ich weiß«, krächzte Mami. »Mal schauen, ob wir irgendwas im Medizinschränkchen haben, das ich nehmen kann.«

Mami probierte alle unsere Medikamente aus, aber nichts half. Am Ende rief Papi den Doktor an.

Als der Doktor da war, untersuchte er Mamis Punkte, maß Fieber und leuchtete in ihre Ohren.
»Sie haben eine sehr ungewöhnliche Grippe«, sagte er, als er fertig war. »Sie brauchen jetzt vor allem Ruhe, dann werden Sie bald wieder gesund.«
»Ruhe?«, sagte Mami.
»Ja«, sagte der Doktor. »Ruhe.«
Mami mag keine Ruhe. Viel lieber macht sie tausend Sachen auf einmal und hat Spaß.
Sobald der Doktor wieder weg war, kletterte sie aus dem Bett. Sie wirkte sehr, sehr wacklig auf den Beinen, trotzdem stampfte sie dreimal mit dem Fuß auf, klatschte in die Hände, wackelte mit dem Po, sagte: »Marshmallow«, … und TADAAA! Schon war sie Mami Fee.
Aber ihre Flügel waren ganz stumpf und hingen schlapp herunter und ihre Krone glänzte auch nicht.
»Ich werde mich selbst mit einem Zauber heilen«, sagte sie zu Papi und mir.

»Das halte ich für keine gute Idee«, sagte Papi besorgt. Aber Mami Fee zeigte mit dem Magic Smart auf sich, tippte einen Zahlencode ein – **piep-piep-blubs** – und krächzte:

Doch es passierte nichts. Mami Fees rote Punkte waren nicht verschwunden und sie hatte immer noch eine Schnupfennase. Ihre Flügel hingen sogar noch schlapper herunter.

»Fühlst du dich besser?«, fragte Papi.

»Nein«, sagte Mami. »Ich verstehe das nicht. Am besten schaue ich mal in der Feen-Doktor-App nach.«

Sie scrollte durch die App und suchte nach einem passenden Zauberspruch. Genau in dem Moment kam Omi herein.

»Ojemine, du hast die Feengrippe«, sagte sie, sobald sie Mami Fee sah. »Ich fürchte, dagegen hilft gar nichts. Wenn du versuchst, sie mit einem Zauber zu heilen, machst du alles nur noch schlimmer. Du musst heiße Zitrone mit Honig trinken und dich ausruhen. Und du darfst auf keinen Fall mit einem Zauber versuchen, dich gesund zu machen.«

»Der Doktor und Omi haben recht«, sagte Papi. »Du brauchst bestimmt einfach nur Ruhe.«

»Ich will aber keine Ruhe«, sagte Mami Fee. »Ich will gesund werden.« Sie sah sehr unzufrieden aus. »Kandierter Apfel«, brummte sie und legte sich wieder ins Bett.

Nach dem Mittagessen ging ich zu Mami, um zu schauen, wie es ihr ging. Sie saß in ihrem Nachthemd im Bett, trank heiße Zitrone mit Honig und las in ihrem Feenhandbuch.
Mami holt ihr Zauberbuch nur selten heraus. Es ist sehr alt und in winziger Schrift geschrieben und die Seiten sind hauchdünn. Es wurde vor Hunderten von Jahren von den Ururur-Feen geschrieben. Heutzutage haben die meisten Feen Magic Smarts, die alle Zaubersprüche einprogrammiert haben. Trotzdem besitzt jede Fee auch ein Zauberbuch. Ich kann es kaum erwarten, bis ich groß genug bin, um mein eigenes zu bekommen.
»Warum liest du in deinem Feenhandbuch?«, fragte ich. »Omi hat gesagt, dass du nicht zaubern darfst, um gesund zu werden.«
Aber Mami hörte gar nicht richtig zu. »Na bitte«, sagte sie. »Wusste ich's doch, dass ich etwas Passen-

des finden würde! Ein Zauberspruch, der dafür sorgt, dass einem nicht mehr so heiß ist. Das ist genau, was ich brauche.«

Sie kletterte aus dem Bett, stampfte dreimal mit dem Fuß auf, klatschte in die Hände, wackelte mit dem Po, sagte: »Marshmallow«, … und TADAAA! Schon war sie Mami Fee.

Dann zeigte sie mit dem Magic Smart auf sich, tippte einen Zahlencode ein – **piep-piep-blubs** – und sagte:

Hokuspokus Kühleribus!

Im nächsten Moment tauchte eine Wolke über ihrem Kopf auf, aus der dicke Schneeflocken rieselten.

»Ups«, sagte Mami Fee. »Wie konnte denn das passieren? Hokuspokus Aufhöribus!«

Sie zeigte mit dem Magic Smart auf sich selbst, aber es schneite weiter auf ihren Kopf.

»Mami Fee!«, rief ich bange. »Du frierst ein! Und dein Kopf wird zu einem Schneeball! Soll ich Tante Jo anrufen? Vielleicht kann sie dich gesund machen.«

»Nein!«, sagte Mami Fee und sah ein bisschen beleidigt aus. »Ich brauche Tante Jo nicht. Ich kann das allein.«

Mami Fee zog sich grummelnd eine Wollmütze über den Kopf und blätterte weiter durch das Feenhandbuch. »Versuchen wir es mit einer anderen Formel«, murmelte sie. »Ah, na bitte – eine Zauberformel, die einem hilft, zu Kräften zu kommen.

Hokuspokus Kraftibus!

Auf einmal wurden Mami Fees Arme dicker. Sie schwollen immer weiter an, bis sie so viele Muskeln hatte wie ein Gewichtheber.

»Ups«, sagte Mami Fee. »Wie konnte denn das passieren? Aber vielleicht ist das ja ganz nützlich …«

Sie hob mich hoch und stemmte mich mit nur einer Hand über ihren Kopf.
»Hilfe«, kreischte ich.
»Wow, ich habe Superkräfte«, sagte Mami Fee. »Ist das nicht toll?«
Für mich war es nicht so toll, auf Mami Fees Hand zu balancieren und auf ihren Kopf hinunterzuschauen.
»Mami Fee«, keuchte ich. »Mir wäre es lieber, wenn du jetzt nicht mehr weiterzauberst.«
»Aber ich bin mir sicher, dass ich mich selbst gesund machen kann«, sagte Mami Fee und stellte mich wieder auf dem Boden ab. »Ich muss nur den richtigen Zauberspruch finden. Schau mal, hier ist ein Mittel gegen rote Punkte. **Hokuspokus Punktibus!**«
Sie tippte den Zahlencode in ihren Magic Smart – **piep-piep-blubs** – und im nächsten Moment waren alle Punkte verschwunden.
»Na bitte!«, sagte Mami Fee. »Siehst du? Es hat funktioniert. Ich wusste es!«

Eine Sekunde später kehrten die Punkte zurück, nur dass sie jetzt neongrün waren. Sie wurden immer größer und größer, bis Mami Fees Gesicht komplett grün war.

»Oh nein«, sagte Mami Fee. »Es hat doch nicht funktioniert.«

Jetzt hatte Mami Fee muskelbepackte Gewichtheberarme, ein neongrünes Gesicht und es rieselten immer noch Schneeflocken auf ihren Kopf. Ich fand nicht, dass sie gesünder aussah.

»Mami Fee«, sagte ich und setzte mich zu ihr aufs Bett, »warum hörst du nicht auf Omi und ruhst dich einfach aus?«
Aber Mami Fee wollte nichts davon wissen. Stattdessen blätterte sie wieder in ihrem Feenhandbuch. »Ha!«, rief sie. »Eine Zauberformel, die dafür sorgt, dass man fröhlich wie eine Sprungfeder herumhüpft. Und wie eine Sprungfeder hüpfen kann man nur, wenn man sich gut fühlt, also werde ich dann auch wieder gesund sein.« Mami Fee zeigte mit dem Magic Smart auf sich selbst, tippte einen Zahlencode ein – **piep-piep-blubs** – und sagte:
»Hokuspokus Sprungfederibus!«
Plötzlich federte das Bett einmal auf und ab. Mami Fee und ich schauten uns an. Das Bett federte wieder.
»Ups«, sagte Mami Fee. »Da haben sich wohl die Sprungfedern im Bett angesprochen gefühlt.«
Prompt hüpfte das Bett noch höher und ich klammerte mich an Mami Fee fest.

Es fing an, immer schneller auf und ab zu federn, und flog jedes Mal ein bisschen höher in die Luft, bis es fast an die Decke kam. Ich fühlte mich wie auf einem Trampolin.

»Mami Fee!«, rief ich. »Ich glaube, ich falle gleich runter!«

»Halt dich gut fest, Ella!«, sagte Mami Fee. »Ich versuche, es zum Aufhören zu bringen.

Hokuspokus Aufhöribus!

Na los, du albernes Bett, hör jetzt sofort auf damit!«
Aber das Bett hüpfte fröhlich weiter. Dann machte es einen Riesensatz und sprang Richtung Fenster. Das Fenster wurde immer größer und größer, während wir darauf zuflogen.
»Mami Fee, was ist denn hier los?«, rief ich.
»Das muss zur Zauberformel gehören«, sagte Mami Fee. »Ach du meine Güte. Gut festhalten, mein Schatz …«

Wir segelten durchs Fenster, landeten im Garten … und federten wieder in die Höhe. Wir flogen durch die Luft, landeten … und federten wieder hoch.
Die Bettdecke flatterte im Wind genau wie meine Haare. »Uuuaaaahhh!«, schrie ich, als wir wieder nach oben schossen. Aber dann lachte ich, weil das Hüpfen so viel Spaß machte.
»Und jetzt?«, fragte Mami Fee. »Wir können doch nicht den ganzen Tag so weiterhopsen!«
Das Bett landete im Nachbargarten und – schwupp, ging es wieder nach oben.
»Hokuspokus Aufhöribus!«, rief Mami Fee noch mal, aber das Bett sprang einfach weiter auf und ab. Hoooch und wieder runter, hoooch und wieder runter, hoooch und wieder runter. Nach einer Weile schien das Bett plötzlich müde zu werden. Es dehnte und streckte sich und gähnte laut. Dann machte es einen Satz, landete auf dem Dach eines Hauses und rührte sich nicht mehr von der Stelle.

Mami Fee und ich schauten uns an. Wir saßen auf einem Hausdach fest. Mami Fee hatte bloß ihr Nachthemd an. Wie sollten wir denn jetzt wieder nach Hause kommen?

»Brrr, mir ist furchtbar kalt am Kopf«, sagte Mami Fee. »Ich muss dringend diesen Schnee loswerden.« Sie zeigte mit dem Magic Smart auf sich selbst und rief:

Aber es schneite weiter auf ihren Kopf. Nichts war passiert.

»A-ach du-du m-m-meine Gü-gü-te«, bibberte Mami Fee. »Ich brauche dringend Wärme.«

Plötzlich hörte ich ein lautes Fauchen und schrie erschrocken auf. Ein kleiner roter Drache mit einer spitzen Schnauze und scharfen Krallen kam auf uns zugeflogen. Er landete auf Mami Fees Schulter und spie einen Feuerstrahl aus.

»Mami Fee!«, sagte ich. »Da sitzt ein Drache auf deiner Schulter!«

»Nicht diese Art von Wärme!«, schimpfte Mami Fee. »Husch, husch, weg mit dir!«, sagte sie zu dem Drachen, aber er blieb auf ihrer Schulter sitzen.

»Können wir ihn behalten, Mami Fee?«, bettelte ich. »Ich weiß auch schon, wie er heißen soll – Fauchi! Papi findet Fauchi bestimmt auch toll. Bitte, bitte, ich wollte doch schon immer ein Haustier haben.«

»Papi findet ihn bestimmt nicht toll!«, sagte Mami Fee. »Wir müssen diesen Drachen loswerden und dann versuchen, schleunigst nach Hause zu kommen!«

Auf einmal entdeckte ich auf dem Dach nebenan einen Mann. Er war damit beschäftigt, kaputte Ziegel zu ersetzen.

»Guck mal, Mami Fee!«, sagte ich. »Da drüben ist ein Mann. Vielleicht kann er uns helfen.«

»Lass mich mit ihm reden«, sagte Mami Fee. »Entschuldigung?«, rief sie und schwenkte die Arme. »**Juuuhuuu,** hier drüben!«

Der Mann drehte sich zu uns um. Als er Mami Fee sah, erschrak er so sehr, dass er fast vom Dach fiel.

»Hilfe!«, schrie er. »Ein Monster! Ein Monster mit einem grünen Gesicht und muskelbepackten Armen und einem Drachen auf der Schulter!«

»Ich bin kein Monster«, sagte Mami Fee empört, und der Drache fauchte. Jetzt hatte der Mann noch mehr Angst. »Es kann sprechen!«, sagte er. »Hilfe! Rettet mich vor dem Monster!«

»Ich bin kein Monster!«, sagte Mami Fee noch einmal.

»Bitte friss mich nicht«, flehte der Mann.

»Ich habe nicht vor, Sie zu fressen!«, sagte Mami Fee. »Warum sollte ich Sie fressen?«

»Weil Monster so was machen!«, sagte der Mann.

Der Mann hatte solche Angst vor Mami Fee, dass ich kichern musste.

Genau in dem Moment hörte ich, wie sich über uns jemand räusperte. »Darf man fragen, was ihr hier macht?«

Es war Omi Fee. Sie flog mit ihren schimmernden Flügeln und ihrer goldenen Krone über uns und schaute stirnrunzelnd auf uns herunter.

»Ein Monster-Schmetterling!«, sagte der Mann auf dem Dach nebenan. »Hilfe! Ein menschenfressender Monster-Schmetterling!«

Hokuspokus Schweigibus!

befahl Omi Fee, und der Mann klappte den Mund zu und sagte kein Wort mehr.

Dann ließ Omi Fee sich mit flatternden Flügeln auf dem Bett nieder und sah Mami Fee streng an.

»Was ist hier los?«, sagte sie. »Ellas Papa hat mich angerufen und erzählt, dass ihr verschwunden seid. Er macht sich schreckliche Sorgen. Was treibt ihr hier oben? Warum ist dein Gesicht grün? Warum hast du so muskelbepackte Arme? Warum schneit es dir auf den Kopf und warum sitzt auf deiner Schulter ein Drache?«

Mami Fee sah furchtbar zerknirscht aus. »Ich dachte, ich würde vielleicht ein Zaubermittel gegen die Feengrippe finden«, sagte sie.

»Es gibt kein Zaubermittel gegen die Feengrippe«, sagte Omi Fee. »Das habe ich dir doch schon gesagt. Du musst geduldig sein und dich ausruhen.«

»Ich mag aber nicht geduldig sein und mich ausruhen«, jammerte Mami Fee.

»Ich weiß«, sagte Omi Fee. »Das mag niemand. Aber so ist das nun mal. So, und jetzt bringe ich zuallererst deinen Zauberunfug wieder in Ordnung. Ich werde alle Leute, die dein hüpfendes Bett gesehen haben, mit einem Zauber belegen, der sie glauben lässt, sie hätten das alles nur geträumt. Und mit dem armen Tropf da drüben fange ich an.« Sie zeigte auf den Mann auf dem Dach nebenan.

»Vielen Dank«, sagte Mami Fee kleinlaut.

»Aber dafür musst du mir versprechen, dass du heiße Zitrone mit Honig trinkst und dich ausruhst«, sagte Omi Fee. »Du wirst sehen, dann bist du schon bald wieder gesund.«

»Ich verspreche es«, sagte Mami Fee. Dann schaute sie auf ihre muskelbepackten Gewichtheberarme. »Was meinst du? Soll ich die vielleicht behalten?«, fragte sie. »Es ist bestimmt praktisch, so starke Arme zu haben.«

»Nein«, sagte Omi Fee. »Die Arme sind so dick, dass du dir lauter neue Kleider kaufen müsstest.« Sie schwenkte ihren altmodischen Zauberstab und sagte:

Hokuspokus Reparaturibus!

Einen Moment später war alles wieder so, wie es sein sollte. Ich saß zu Hause auf dem Bett. Mami hatte wieder ganz normale rote Punkte im Gesicht und normale Arme und es schneite nicht mehr auf ihren Kopf. Und sie schlief.

Ich schaute mich suchend um, aber Fauchi, der Drache, war auch nicht mehr da.

»Auf Wiedersehen, Fauchi«, flüsterte ich traurig. Dann legte ich das Feenhandbuch beiseite und schlich auf Zehenspitzen aus Mamis Schlafzimmer.

Eine Woche später war Mami wieder gesund. Die Punkte waren alle verschwunden. Sie kletterte gut gelaunt aus ihrem Bett, frühstückte und zog ihren Hosenanzug an, um sich fürs Büro fertig zu machen.

Als wir vor die Tür traten, sahen wir Zoes Mutter im Garten nebenan. Sie steckte gerade Blumenzwiebeln in die Erde.

»Ich pflanze Narzissen«, erzählte sie uns. »Sie werden sehr hübsch aussehen. Aber es wird noch eine ganze Weile dauern, bis sie blühen. Wir werden uns gedulden müssen.« Dann seufzte sie. »Geduld ist nicht gerade meine Stärke.«

»Meine auch nicht«, sagte Mami.

»Auf etwas zu warten, ist schrecklich langweilig«, sagte Zoes Mutter.

»Oh ja«, sagte Mami. »Das stimmt. Aber manchmal ist es besser, Geduld zu haben und zu warten, nicht wahr, Ella?«

Ich dachte daran, wie Mami versucht hatte, so schnell wie möglich wieder gesund zu werden. Ich dachte an ihre grünen Punkte, den Schnee und das hüpfende Bett und den Mann, der dachte, sie wäre ein Monster.

Dann lächelte ich und sagte: »Ja, Mami. Manchmal ist es besser, Geduld zu haben und zu warten.«

WIEDERHOLIBUS!

Ein feenflinkes Wettrennen auf dem Schulfest

Eines Tages kam Mami in den Garten und legte ganz viele Kissen ins Gras.

»Was machst du da?«, fragte ich

»Nachher ist doch Schulsportfest«, sagte sie. »Mit den Kissen hier kannst du schon mal Weitspringen üben.«

Ich lief über den Rasen, um Anlauf zu nehmen, machte vor dem Kissenteppich zwei extra lange Schritte und sprang …

… so weeeeeeiiit ich konnte.

Aber meine Schnürsenkel waren zu lang – ich stolperte und landete mit einem mächtigen Plumps auf der Nase. Ich bin nicht besonders gut in Sport, aber unsere Lehrerin Miss Amy sagt, dass ich eine Kämpfernatur bin und nie aufgebe.

Als ich auf dem Boden lag, rannte gerade meine absolut Nicht-beste-Freundin Zoe in ihren neuen Laufschuhen an unserem Garten vorbei. Ich wartete darauf, dass sie wieder mal etwas schrecklich Gemeines zu mir sagte.

Aber diesmal zeigte sie nur einfach mit dem Finger auf mich und lachte ihr fieses Lachen, dann lief sie zu sich nach Hause.

Ich sagte nichts, weil Mami ja findet, dass man unfreundliche Leute einfach nicht beachten soll, aber mein Gesicht brannte, und ich spürte einen Kloß im Hals.

Ich wischte die Erde von meinen Knien und versuchte, meine Schnürsenkel zu binden, aber sie waren ganz wild verheddert. Wie blöd. Ich kann Schnürsenkel nicht leiden.

»Na? Bist du bereit für das Schulsportfest?«, fragte Zoes Mutter, die gerade vom Einkaufen kam. »Oje, Ella. Deine Schnürsenkel sind ja ein einziges Kuddelmuddel!«

Zoes Mutter verschwand in ihrem Haus. Eine Sekunde später kam Mami heraus und sah, wie ich versuchte, die Knoten in meinen Schnürsenkeln zu entwirren.

»Warte, mein Schatz, ich helfe dir«, sagte sie. »Sonst kommen wir noch zu spät.«

Sie schaute nach allen Seiten, um sich zu vergewissern, dass niemand in der Nähe war. Dann stampfte sie dreimal mit dem Fuß auf, klatschte in die Hände, wackelte mit dem Po, sagte: »Marshmallow«, … und TADAAA! Schon war sie Mami Fee.

Sie zeigte mit ihrem Magic Smart auf meine Schuhe und sagte:

Hokuspokus Schnürsenkelibus!

Auf einmal wurden meine Schnürsenkel lebendig. Aber sie banden sich nicht zu einer ordentlichen Schleife zusammen, sondern flogen in die Luft und hängten sich in unserem Apfelbaum auf. Im nächsten Moment kamen alle Schnürsenkel aus Papis Schuhen aus dem Fenster geflogen und hängten sich auch an die Äste. Der Apfelbaum sah aus wie ein Spaghetti-Baum und ich musste kichern.

»Ups.« Mami Fee klopfte auf ihren Magic Smart. »Wie konnte denn das passieren?«

Genau in dem Moment kam Tante Jo aus der Tür. Sie ging mit zum Schulsportfest, um mich anzufeuern. Tante Jo kann wahnsinnig gut zaubern und hat ganz viele Silberpokale von Feen-Zauberwettbewerben bei sich zu Hause stehen. Als sie die vielen Schnürsenkel im Baum flattern sah, schüttelte sie den Kopf.

»Ts, ts, ts«, machte sie. »Ich bringe das wieder in Ordnung für dich.« Sie stampfte dreimal mit dem Fuß auf, klatschte in die Hände, wackelte mit dem Po, sagte: »Zitronenbrause«, … und TADAAA! Schon war sie eine Fee mit silbern schimmernden Flügeln und einer Krone. Tante Fee deutete mit ihrem Magic Smart auf den Baum und sagte:

Hokuspokus Reparaturibus!

Im nächsten Moment sausten die Schnürsenkel pfeilschnell in meine Schuhe zurück und banden sich zu einer ordentlichen Schleife. Auch Papis Schnürsenkel flogen durchs Fenster wieder ins Haus zurück.

»Danke, Tante Fee«, sagte ich.

»Bravo, Jo«, sagte Mami Fee, aber sie sah ein bisschen eingeschnappt aus.

»War mir ein Vergnügen«, sagte Tante Fee. »Ich kenne da übrigens eine tolle Zauberformel für feenflinke Füße. Damit kann man richtig schnell laufen. Was meinst du, Ella?«

Feenflinke Füße? Das klang gut.

»Au ja!«, rief ich.

Aber bevor Tante Fee ihren Magic Smart auf mich richten konnte, stellte Mami Fee sich vor mich. »Nein!«, sagte sie. »Das ist Schummelei! Und in unserer Familie wird nicht gemogelt. Stimmt's, Ella?«

Mami Fee hatte recht. Mogeln war nicht in Ordnung. Aber ich hätte trotzdem wahnsinnig gern feenflinke Füße gehabt. Mit ihrer Hilfe könnte ich vielleicht sogar einen Wettlauf gewinnen.

»Ist doch nur ein klitzekleiner Zauberspruch«, sagte Tante Fee zu Mami Fee. »Willst du denn nicht, dass Ella alle Wettbewerbe gewinnt?«

»Nicht, wenn sie schummelt«, sagte Mami Fee entschieden.
»Achtung!«, sagte ich. »Da kommt Zoe!«
Blitzschnell huschten Mami Fee und Tante Fee hinter einen Busch, um sich zu verstecken. Als Zoe bei unserem Garten angekommen war, blieb sie stehen und spähte argwöhnisch zum Gebüsch.
»Was war das?«, fragte sie. »Versteckt sich da jemand?«
»Nein«, sagte ich schnell. »Da ist nichts. Wahrscheinlich bloß ein Eichhörnchen.«
»Echt?« Zoe schaute noch einmal hinüber. »Wir sehen uns nachher beim Schulsportfest, Ella. Ach nein, warte. Ich kann dich ja gar nicht sehen, weil ich bei jedem Wettlauf ganz vorne sein werde und du ganz hinten. Denn du kommst ja immer als Allerletzte im Ziel an.« Sie streckte mir die Zunge heraus und rannte davon.
Ich war so schrecklich wütend, dass ich nicht antworten konnte.

Als Tante Fee hinter dem Busch hervorkam, stemmte sie entrüstet die Hände in die Hüften. »Was für ein abscheuliches Mädchen!«, sagte sie. »Könnte ich dir doch nur feenflinke Füße zaubern, Ella. Du würdest davonschießen wie eine Rakete!«

»Mami Fee, darf ich wie eine Rakete davonschießen, bitte, bitte, bitte?«, sagte ich. »Nur bei einem Wettrennen?«

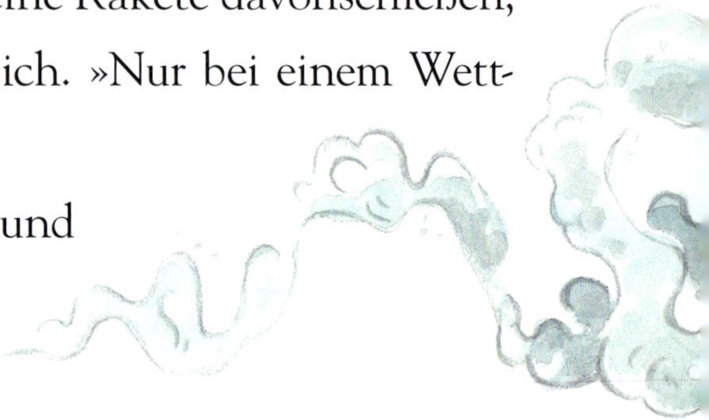

»Nein«, sagte Mami Fee und warf Tante Fee einen verärgerten Blick zu.

»Versprich mir, dass du Ella auf keinen Fall hilfst, mit einem Zauber zu gewinnen.«

»Na gut«, sagte Tante Fee schmollend.

»Nicht mal mit einer klitzekleinen Zauberei«, sagte Mami Fee.

»Ich verspreche es!«, sagte Tante Fee. »Nicht mal mit einer klitzekleinen Zauberei.« Aber als Mami Fee nicht hinschaute, zwinkerte Tante Fee mir zu.

Das Sportfest fand auf dem großen Sportplatz hinter meiner Schule statt.

»Willkommen auf dem Schulsportfest!«, sagte Miss Amy. »Das Turnier ist hiermit eröffnet!«

Die Eltern standen alle am Rand und drückten ihren Kindern aufgeregt die Daumen. Der erste Wettlauf ging gleich los und meine ganze Klasse war an der Startlinie versammelt. Ich beugte mich hinunter und berührte meine Füße, aber sie fühlten sich nicht an, als würden sie wie eine Rakete davonschießen können – sie fühlten sich ganz normal an. Tante Jo hatte wohl auf Mami gehört und sie doch nicht verzaubert. Ich war ein bisschen enttäuscht.

»Auf die Plätze, fertig ... LOS!«, rief Miss Amy, und wir fingen alle an zu rennen. Ich lief, so schnell ich nur konnte, und schaute über die Schulter, um zu sehen, wo die anderen waren. Mir blieb der Mund offen stehen. Die rannten ja alle ganz langsam! Sogar Zoe war lahm wie eine Schnecke.

»Komm schon, Zoe!«, rief ihre Mutter. »Schneller!«

»Ich versuche es ja!«, schrie Zoe. »Aber ich kann meine Beine einfach nicht schneller bewegen!«

Zoe und all die anderen Kinder sahen aus, als würde man einen Film in Zeitlupe abspielen.

Das sah so lustig aus, dass ich lachen musste.

»Lauf, Ella, lauf!«, feuerte Tante Jo mich an.

Ich kam als Erste ins Ziel. Ich hatte gewonnen! Die anderen waren noch viele Meter hinter mir.

»Gut gemacht, Ella!«, keuchte Tom, der nach mir über die Ziellinie gelaufen kam. Er war ganz rot im Gesicht. »Meine Beine haben sich so komisch angefühlt. Ich habe mich wirklich unglaublich angestrengt, aber ich konnte einfach nicht schneller laufen.«

»Das war toll, Ella!«, sagte Tante Jo und drückte mich fest an sich. »Du bekommst eine Goldmedaille!«

Zoe kochte vor Wut. »Wie konntest du gewinnen?«, sagte sie. »Ich bin doch die beste Läuferin der Schule.«

»Bravo, Ella!«, sagte Mami, aber sie warf Tante Jo einen sehr strengen Blick zu. »Ich frage mich nur, was mit den anderen Kindern los war.«

»Ich habe nicht die leiseste Ahnung«, sagte Tante Jo unschuldig. »Kommt mit, als Nächstes ist Weitsprung dran.«

Wir stellten uns alle für den Weitsprung in eine Reihe. Dafür musste man mit Anlauf in eine rechteckige Sandgrube springen. Wer am weitesten sprang, hatte gewonnen. Beim Training gestern war ich so hart auf dem Po gelandet, dass alle gelacht hatten. Ich hoffte, dass mir das heute nicht noch mal passieren würde.

Meine beste Freundin Lenka war als Erste dran. Sie nahm Anlauf und sprang ab … aber statt vorwärtszuspringen, sprang sie zurück.
»Ach herrje!«, sagte Miss Amy und zog ein erstauntes Gesicht. »Lenka, du hättest nach vorn springen sollen. Ich fürchte, dafür kann ich dir keine Punkte geben. Tom, du bist dran.«
Tom rannte auf die Sandgrube zu und sprang. Aber genau wie Lenka sprang auch er zurück!
Alle fingen an zu lachen.

»Ich verstehe das nicht!«, sagte Tom. »Ich wollte nach vorn, aber meine Beine sind nach hinten gesprungen!«
Den anderen Kindern ging es genauso. Statt in der Sandgrube zu landen, sprangen alle nach hinten. Die Lehrer riefen immer wieder: »In diese Richtung! Nach vorn! Du musst vorwärtsspringen!«
Endlich war ich an der Reihe. Ich nahm Anlauf, sprang … und landete im Sand! Tante Jo jubelte.

»Ausgezeichnet!«, lobte Miss Amy mich. »Da es außer dir niemand geschafft hat, in die richtige Richtung zu springen, hast du gewonnen, Ella.«
»Hurra!«, rief Tante Jo und schwenkte die Arme durch die Luft. »Ella hat gewonnen! Ella bekommt noch eine Goldmedaille!«
Aber ich konnte mich nicht richtig darüber freuen, weil ich das Gefühl hatte, gar keine echte Gewinnerin zu sein. Nur weil alle anderen zurückgesprungen waren, hatte ich gewonnen.
»Moment!«, rief Mami Fee. Zu meiner Überraschung hatte Mami sich vor allen Leuten in eine Fee verwandelt. Sie schwenkte ihren Magic Smart und sagte:

Hokuspokus Stillstandibus!

Im gleichen Moment erstarrten die Lehrer, Eltern und Kinder alle mitten in der Bewegung. Nur Mami Fee, Tante Jo und ich nicht. Tom stand auf einem Bein da. Mr Wilson, der Schulleiter, kratzte sich am Kopf. Zoe bohrte in der Nase. Das sah so lustig aus, dass ich vor Lachen prustete. Alle standen stocksteif wie Statuen und niemand konnte uns sehen oder hören.

Mami Fee war furchtbar böse auf Tante Jo.
»Was hast du nur gemacht?«, schimpfte sie. »Du hast versprochen, Ella nicht mit einem Zauber zu belegen.«
»Das habe ich auch nicht«, sagte Tante Jo. »Ich habe die anderen Kinder mit einem Zauber belegt. Zuerst habe ich die Schneckentempo-Zauberformel benutzt und dann die Rückwärts-Zauberformel. Ganz schön schlau von mir, was?«
Sie zwinkerte mir zu und lächelte, aber ich war mir nicht sicher, ob ich zurücklächeln sollte.

»Nein, das war überhaupt nicht schlau von dir!«, sagte Mami Fee. »Ich hatte dich gebeten, keine Zauberformeln zu benutzen. Ich habe an Ellas Schule noch nie Zauberei verwendet.«

»Aber das habe ich doch nur gemacht, weil …« Tante Jo verstummte.

»Weil, was?«, fragte Mami Fee.

»Weil du nicht ganz so gut zaubern kannst«, sagte Tante Jo leise.

Mami Fee atmete tief ein und aus. Ich glaube, sie versuchte, nicht wütend zu werden. Aber ich **war** schrecklich wütend.

»Mami Fee kann sehr wohl gut zaubern!«, sagte ich zu Tante Jo. »Sie kann fliegen! Und sie kann sich unsichtbar machen! Und sie ist die beste Mami Fee der Welt!«

»Tut mir leid.« Tante Jo biss sich auf die Unterlippe und schaute zerknirscht. »Ich habe es nicht so gemeint.«

»Ich kann vielleicht nicht so gut zaubern wie du«, sagte Mami Fee zu Tante Jo. »Und Silberpokale habe ich auch keine. Aber ich strenge mich beim Zaubern wirklich an und gebe mein Bestes. Und Ella strengt sich in Sport unglaublich an. Genau darum geht es bei einem Schulsportfest. Dass man sich anstrengt und sein Bestes gibt, egal ob man gewinnt oder nicht. Habe ich recht, Ella?«

Ich nickte, obwohl ich schon gern eine Goldmedaille gewonnen hätte.

Tante Jo schaute zu Boden. »Ich sehe ein, dass ich einen Fehler gemacht habe«, sagte sie. »Den Zauber hätte ich nicht benutzen sollen. Und ich hätte nicht sagen dürfen, dass du keine gute Zauberin bist«, sagte sie zu Mami Fee. »Es tut mir wirklich leid.«

Plötzlich erinnerte ich mich an eine Zauberformel, die ich einmal in Mamis Feen-App gesehen hatte, und hatte eine Idee.

»Mami Fee«, sagte ich. »Können wir das Schulsportfest nicht noch mal von vorn anfangen lassen? Mit der Wiederholibus-Zauberformel.«

Mami Fees Augen leuchteten auf. »Das ist eine fabelhafte Idee, meine kleine Ella Fee!«, rief sie. »Wir lassen das Schulsportfest noch mal von vorn beginnen, und zwar ohne Zauberei. Okay?«

Ich nickte. »Okay.«

Mami Fee holte ihren Magic Smart heraus, aber dann zögerte sie.

»Die Wiederholibus-Zauberformel ist sehr schwierig«, sagte sie ein bisschen nervös. »Ich habe sie noch nie ohne Hilfe benutzt. Hoffentlich vermassle ich es nicht.« Dann sah sie Tante Jo an. »Meinst du …?«

»Wir machen es zusammen«, sagte Tante Jo und zwinkerte mir zu. Dann stampfte sie dreimal mit dem Fuß auf, klatschte in die Hände, wackelte mit dem Po, sagte: »Zitronenbrause«, … und TADAAA! Schon war sie eine Fee mit schimmernden Flügeln, Diamantkrone und funkelndem Magic Smart.

Gemeinsam tippten Mami Fee und Tante Fee den Zahlencode ein – **piep-piep-blubs** – und riefen gleichzeitig:

Hokuspokus Wiederholibus!

Sofort begann alles um uns herum rückwärtszulaufen, so wie wenn man am Fernseher einen Film zurückspult. Ich sah, wie Zoe rückwärtslief, wie Lenka einen Keks rückwärts aß und wie Tom sich rückwärts die Nase schnäuzte. Das brachte mich zum Lachen. Plötzlich stoppte der Rücklauf und der Schulsporttag fing noch einmal von vorn an. Mami Fee und Tante Fee waren wieder einfach nur Mami und Tante Jo.

»Willkommen auf dem Schulsportfest!«, begrüßte uns Miss Amy. »Das Turnier ist hiermit eröffnet!«

Diesmal rannte niemand im Schneckentempo und keiner sprang zurück statt nach vorn. Zoe gewann drei Goldmedaillen im Wettlauf, und ich schaffte es, laut zu klatschen, als meine Nicht-beste-Freundin nach vorne ging, um sie in Empfang zu nehmen. Zoe ist vielleicht nicht besonders nett, aber sie ist eine sehr gute Läuferin.

Dann war der Dreibein-Wettlauf dran. Dazu wurden wir in Zweierteams eingeteilt.

Das Schwierige daran ist, dass jeweils ein linkes Bein und ein rechtes Bein der beiden Läufer zusammengebunden werden, sodass man gemeinsam nur drei Beine zum Rennen hat und so ganz schön leicht ins Stolpern gerät. Mein Partner war mein Freund Tom. Lenka lief mit Zoe.

»Versucht, euer Tempo dem eures Partners anzupassen«, mahnte Miss Amy vor dem Startschuss. »Denkt daran, dass ihr nur gewinnen könnt, wenn ihr gut zusammenarbeitet.«

Als der Wettlauf begann, fingen Tom und ich an zu zählen. »Eins-zwei. Eins-zwei.« Wir waren nicht besonders schnell, aber wir liefen schön gleichmäßig nebeneinander. Ich hörte, wie Zoe hinter uns Lenka anschrie: »Jetzt beeil dich, du lahme Ente!« Einen Moment später purzelten Zoe und Lenka ins Gras.

Aber Tom und ich schauten nicht zurück. Wir mussten uns nicht anschreien, weil wir Freunde waren, und die schreien sich nicht an. Wir liefen einfach weiter. »Eins-zwei, eins-zwei …« Und plötzlich hatten wir die Ziellinie erreicht und das Rennen gewonnen!

Miss Amy überreichte Tom und mir jeweils eine glänzende Goldmedaille. Tante Jo und Mami klatschten, jubelten und fielen sich um den Hals. Und ich war unglaublich glücklich. Ich hatte ehrlich gewonnen, ganz ohne Zauberei.

»Gut gemacht, Ella!«, sagte Tom zu mir.

»Gut gemacht, Tom!«, sagte ich zu meinem besten Freund, und wir lachten beide.

»Zur Belohnung gehen wir ein Eis essen!«, sagte Mami. »Tom, du bist auch eingeladen.«

Zoe kam auf uns zu und schaute mich mit kleinen, wütenden blauen Augen an. »Wie hast du es geschafft, den Dreibein-Wettlauf zu gewinnen, Ella?«, sagte sie. »Du bist doch überhaupt nicht gut in Sport.«

Ich dachte an Tante Jos Zauber. Ich dachte daran, wie es sich angefühlt hatte, schneller als die anderen zu laufen und vorwärtszuspringen, als alle anderen zurückgesprungen waren.

Dann dachte ich daran, wie es sich angefühlt hatte, ohne irgendwelche Zauberformeln mit Tom den Dreibein-Wettlauf zu gewinnen.
Und dann dachte ich daran, wie Mami Fee und Tante Fee zusammen die Wiederholibus-Zauberformel gesprochen hatten.
»Ich habe gewonnen, weil Tom und ich Freunde sind und wir als Team gut zusammengearbeitet haben«, sagte ich. »So kann man am besten gewinnen.« Dann rieb ich über meine funkelnde Goldmedaille und lächelte glücklich.

Mami Fee & ich …

LESEPROBE

Eines Tages beobachtete ich meine Mami, als sie gerade ihren Feen-Onlinekurs hatte. Fenella, ihre Feen-Lehrerin auf FeeTube brachte ihr gerade den Wetter-Zauberspruch REGNERIBUS bei. Ich hatte mir schon mal einen Regenschirm geholt. Meine Mami hatte einen schwebenden Zauberregenschirm über sich. Ich hätte sooo gern auch einen schwebenden Zauberschirm!

»Du kannst verschiedene Zaubersprüche verwenden, um den Regen aufhören zu lassen«, sagte Fenella. »Versuch mal Normaleribus mit dem Zahlencode vier-fünf-zwei. Das ist ein sehr nützlicher Spruch.«

Mami Fee drückte auf ihrem Magic Smart 4-5-2 und sagte NORMALERIBUS – und sofort hörte der Regen auf!

Als Mami mit ihrer Übung fertig war und wieder meine normale Mami war, seufzte ich ein bisschen.

»Was ist denn los, Ella?«, fragte Mami.

»Ich möchte endlich keine Junior-Fee mehr sein, sondern eine richtige Fee und richtig tolle Zaubersprüche verwenden dürfen.«

Mami lachte und sagte: »Jedes Feen-Mädchen wünscht sich das. Mach dir nichts draus. Wollen wir was Schönes machen, um dich zu trösten?«

»Rollschuh laufen mit Lenka und Tom«, antwortete ich. Die beiden wollten sich im Park treffen.

»Oh, Schätzchen«, sagte Mami, »das geht leider nicht. Wir essen heute mit Papis Chef zu Mittag. Aber das wird bestimmt auch sehr lustig.«

Das glaubte ich nicht so richtig. Dann kam Papi ins Zimmer.

»Wir müssen langsam los zum Mittagessen«, sagte er. »Herr Lee ist sehr wichtig, deshalb müssen wir alle besonders chic aussehen.«

Da wusste ich, dass es langweilig werden würde.

Ich zog mein schönstes, gestreiftes Kleid an und Mami kämmte mir die Haare. Sie wollte einen tollen geflochtenen Zopf machen. Ollie zerrte aber dauernd an ihrem Arm und ihr flutschten die Haare weg.

»Vorsicht, Ollie«, sagte ich, aber ich glaube, Ollie weiß noch nicht, was Vorsicht heißt.

»Genau«, sagte Papi, der in seinem schönsten Anzug und mit einer blaugepunkteten Krawatte hereinkam. »Alle fertig? Dann auf ins Auto.«

Mami griff nach einer Schleife und ließ dabei meinen Zopf los. »Oh, Schatz«, sagte sie, »ich glaube, ich brauche ein bisschen Hilfe.«

Dann stampfte Mami dreimal mit dem Fuß auf, klatschte in die Hände, wackelte mit dem Po und sagte: »Marshmallow«, … und TADAAA!

Schon war sie Mami Fee.

Wenn Mami sich in eine Fee verwandelt, sieht sie immer noch aus wie Mami – aber wie eine noch hübschere Mami. Das Sonnenlicht glänzte auf ihren Flügeln, ihr Kleid glitzerte wunderbar, und die silberne Krone schimmerte.

Mami Fee tippte einen Zahlencode in das Display – **piep-piep-blubs** –, dann schwenkte sie den Magic Smart durch die Luft und sagte: »**ZOPFIBUS.**«

Und im nächsten Moment hatte ich die schönsten, ordentlichsten Zöpfchen, mit roten Schleifen und allem.

»Mami Fee«, rief ich. »Die sind ja toll! Du bist die Beste! Schau mal, Papi!«

Aber als ich Papi sah, musste ich nach Luft schnappen. Papi hat normalerweise kurze braune Haare. Jetzt hatte er lange braune Zöpfe mit rosafarbenen Schleifchen. Einen Papi mit Zöpfen und Schleifchen hatte ich vorher noch nie gesehen.

Und Mami Fee hatte auch lange Zöpfe! Sogar Ollie hatte lange Zöpfe. Wir alle hatten welche.

»Was?«, japste Papi erschrocken, als er sich im Spiegel sah. »Was hast du nur gemacht? Ich seh ja aus wie ein kleines Mädchen!«

»Upsi«, sagte Mami Fee. »Ich wusste nicht, dass so was passieren könnte. Aber ich bin sicher, es war der richtige Zauberspruch.«

Wie das Abenteuer von Mami Fee & Ella weitergeht, erfahrt ihr in Band 2 im August 2018:

Mami Fee & ich

Die zauberhafte Geburtstagsparty

Sophie Kinsella

ist Schriftstellerin und ehemalige Wirtschaftsjournalistin. Ihre Schnäppchenjägerin-Romane um die liebenswerte Chaotin Rebecca Bloomwood werden von einem Millionenpublikum verschlungen. Die Verfilmung ihres Bestsellers »Shopaholic – Die Schnäppchenjägerin« wurde zum internationalen Kinohit. Mit »Mami Fee & ich« gibt die Mutter von vier Söhnen und einer Tochter ihr Debüt im Kinderbuch. Die Autorin lebt mit ihrer Familie in London.